유명자 시집

기적 같은 세상에

마을

빛나는 시정신을 꼼꼼하게 엮어내는 — 마 음

유 명 자

· 1969년 전북 부안 출생
· 정읍여자고등학교 졸업
· 방송대 국문과 재학 중
· 『문예사조』 수필 등단
· 『문학시대』 시 등단
· 한마루문학 동인
· 문학시대인회 회원

기적 같은 세상에

유명자 시집

1판 1쇄 인쇄/ 2016년 5월 20일
1판 1쇄 발행/ 2016년 5월 25일

지은이 / 유 명 자
펴낸이 / 성 춘 복
펴낸곳 / 도서출판 마 음

등록‖ 1993년 5월 15일 제3001-1993-151호
주소 03068 서울 종로구 혜화로35
경주이씨중앙회빌딩 302-1호
전화‖ (02)743-5798

값 12,000 원

*잘못된 책은 바꿔 드립니다.

ISBN 978-89-8387-280-8 03810

푸른 시와 시인

기적 같은 세상에

유명자 시집

마을

인연이란 무엇일까 생각해 보았습니다.

세상을 살면서 내가 의도해서 엮여진 인연이 있던가요.
그저 알지 못하는 힘에 이끌려 서로 만나고 알게 되고 어
울려 살게 되고 그 하루하루의 삶이 시가 되고 소설이 되
고 영화가 되지요.

어느 누구의 인생인들 돌아보면 소설 한 권 아니고 영
화 한 편 아니고 애달픈 시 한 수 아닌 사람이 있을까요.

저 역시 세상의 누군가처럼 슬프고 아프고 또 잠시 기
쁜 인생의 여울에서 뜻하지 않은 인연으로 잊고 있었던
꿈을 생각하게 되었고, 더 감사한 인연으로 좋은 스승님
을 만나는 행운을 얻었습니다.

그리하여 아무 조건 없이 무조건 칭찬만 해주는 평생

의 동반자의 응원에 힘입어 이렇게 쑥스럽고 부끄럽고 그러면서도 소중한 시집을 내게 되었으니 이것은 인연으로 인한 작은 기적이 아닐까 생각합니다.

　우물 속 삶 같은 인생을 살고 있는 저에게 앞으로 얼마나 많은 인연이 남아있을까요. 그저 내게 다가오는 작은 인연 하나하나 소중하게 여기며 그들에게 제가, 혹은 저의 부족한 글이 잠시나마 위안을 주었으면 하는 바람입니다.

2016년 봄

저자 유명자

2. 하루의 시

3. 너의 눈을 보면

4. 철부지 바람

5. 오월의 장미

홀로 남은 시

멀리 있는 친구

무심히도 잊고 살던 너
문득 너무 멀구나 싶은 때는
내 맘이 울고 싶은 때
지쳐 쉬고 싶은 때
밤새 넋두리라도 하고 싶은 때
즐거운 어느 날은 몰랐다가
네가 무척 그리운 날은
내가 많이 외롭고
고독한 그때

새삼 깨닫는다
너는 너무 멀리 있구나.

즐거운 어느 날은 몰랐다가
네가 무척 그리운 날은
내가 몹시 외롭고
고독한 그때

　　　— 멀리 있는 친구

할아버지

언제 그칠까 싶던 오토바이 방귀소리
대문 밖에서도 들렸고
천장이 들썩이던 재채기 소리
많이 시원하셨으리

동네 제일의 장사
그 기운으로
논마지기 밭떼기 장만하여
여덟 형제 네 자녀 출가시키고
조상 모실 선산 단장하여
이제 본인도 들어가 누우시니
그 자리 편안하신지

밥상 위에 올려진 굴비
꼬리꼬리한 내장 뭐 맛있다고

그것만 먼저 빼서 드셨을까
암만 뜯어도 생선 대가리
먹잘 것 없더만
그거 드시고 생선 한 마리 다 드셨다 하셨는데
살은 정말 맛없어 안 드셨는지
보약처럼 반주 한 잔 맛나게 드시고
입가심 하시던 뜨거운 숭늉은
정말 시원하셨는지

배운 것 없이
힘만으로 식솔 건사하며 사는 세상
어찌 쉬웠을까
솥뚜껑 같은 커다란 손
거북 등딱지처럼 딱딱해져
거칠었던 손바닥
따뜻한 느낌만 남아
이제 꿈속에서조차 뵈지 않는 모습

가을비 바람치는 소리
할아버지 방귀소리만 같아.

잊히지 않는 사소한 것

마른 황토마당에
커다란 8자가 그려지고
동네 아이들이 편을 나누어
천하를 차지하려는 듯 힘을 겨룬다

얼굴이 하얗고 팔다리가 가는 소녀는
함께 놀고 싶어 간절히 바라만 보는데
마당의 주인인 언니와 오빠는
끼워줄 법도 하건만

엄마와 함께 도시에 사는 동생이 샘나는가
간들간들한 팔다리가 도움이 되지 않아서인가
모르는 척 외면하고

마루 위 새끼 꼬는 할아버지는

곰방대에 담배를 재며
자신이 손수 다져놓은 단단한 황토 마당을
흡족한 듯 보고 있다

10년 20년 30년…
40년이 지나도 잊히지 않을
기억이 될 줄 모르는 소녀는
부러움이 그리 큰 줄 몰랐고

늘 그리 놀던 언니랑 오빠는
그것이 그리 부러운 일인 줄 모르기에
그저 까맣게 잊었으리라

황혼이 내려앉은 황토 마당에
아이들 하나 없는 8자의 선 위를
소녀가 혼자서 뛰어본다

세월이 지나도 잊히지 못할 아쉬움이 될 줄 모르고.

겨울 나비

아이고
왜 벌써 날아다니는 것이야
아직 겨울인데
날개를 접고 좀 더 자야지

변덕스러운 겨울 태양에
깜박 속은 것이지
언제까지라도 따듯하게
그 빛을 내어줄 것처럼
방실방실 웃고 있는 모습에
순진한 녀석
날개 퍼득이고 나왔지
칼바람 치는 동장군
무서운 줄 모르고

꽃바람 불려면 아직 멀었어
지금은 겨울이야
어여 들어가서 더 자.

마라톤

42.195㎞
차를 타도 한참 가는 그 길을
도대체 왜 뛰는 걸까
마라톤 평원을 달렸던
아테네의 병사는
끝내 숨을 거뒀다
인간의 한계를 벗어나는 거리
뛰면서 무슨 생각을 할까
그만 뛸까라는 생각만이 한가득이라던데
그만 뛸까
그래도 눈앞엔 길이 있고
아직 종착점이 아니며
먼저 간 이들의
묵묵한 뒷모습이 보여
조금만 더 가면 종착점이고

그곳의 바람은
티끌 없이 시원하리
42.195㎞의 종착점에 가보지 못한 나는
그 바람을 모르고
인생의 한가운데를 달리고 있어
숨이 차기만 한데
그런 것이라고
끝내 종착점에 도달해
거친 숨을 몰아쉬며
시원한 바람 한 조각
들이쉬는 게 인생의 마라톤
모두에게 다 같은
인생의 길이 42.195㎞.

그냥 이대로 살자

한때 공주를 꿈꾸던 소녀
중세에 살았다면
예쁜 공주로 태어나
목숨 걸고 사랑하는 멋진 기사님
무릎 꿇고 빨간 장미를 바쳤을까

조선의 어느 때 살았다면
양가집 규수 되어
고운 한복 입고
풍란 수 놓으며
빨간 댕기에 그네 타고 있었을까

내 아버지 경찰인데
그럼 난 포졸의 딸
죽어라 일해도 먹고 살기 힘든

잘 되어야 평민의 딸

영주 밑의 밑의 밑의
농사 짓다 전쟁나면 동원되는
병사의 딸

지금인들
금수저 물고 태어난
왕자 공주 없으랴
내가 그 집 자식 아닐뿐
옛날이라고 별 달랐으랴

차라리 지금이 백 번 낫지
암 백 번 낫고 말고.

주머니

내 주머니 속엔 내 손만 들어가고
그대 주머니 속엔 그대 손만 들어가
손 하나 들어가면 가득 차는 공간

그대 팔에 팔짱을 끼고
차가운 손 주머니에 넣으면
익숙한 그대 손 거기 있겠지

내 손만 더 들어갈 수 있는
그대 주머니 속
따뜻한 그 손이
비밀스레 내 손을 잡아 주겠지.

용 돈

천 원만 주지
그러면 친구들과
떡볶이를 사 먹고
햄버거 가게를 갈 텐데

함께 멀어져 가는
친구들의 뒷모습이 부러워
집에 없는 일을 만들어
홀로 돌아서서 걷는 길은
재미가 없어

엄마가 천 원만 줘도
가능한 일인데
내미는 손이 많아서
선택 받지 못한 내 손은 늘 빈 손

멀어지던 친구들의 등이
아직도 아련해.

언 니

나보다 달리기도 잘하고
춤도 잘 추고
노래도 잘하는 사람

나보다 이마가 살짝 넓고
눈이 조금 더 크고
입술이 약간 더 도톰한
나랑 닮은 듯
나보다 예쁜 사람

그런데도 이유 없이
항상 내게는 지기만 하는 사람

비슷한 키에 비슷한 몸무게
나랑 가장 가까운 유전자를 가지고

나이 차이도 많지 않아서
함께 늙어가는 세월인데

뭘 더 해 주어야 된다고
못해 주어 미안하다고만 하는지

애교 없이 퉁퉁거리는 동생
어디가 예쁘다고
늘 웃으며 지기만 하는 사람

그래서 나는
영원히 이길 수 없는 사람.

그림자

빛이 있으면
누구나 하나씩 가지는 그림자
만수르도 거렁뱅이도
빛 하나에 그림자 하나
잘생겼 건 못생겼 건
그림자는 다르지 않아
집 한 채를 입고 있는 사람이나
발가벗은 사람이나
새까만 그림자
바보처럼 똑같지

누구보다 잘나지 못해
어깨 처진 그대
걱정하지 마
그대 뒤에 그림자 있어

콧대 높은 클레오파트라
불사를 꿈꿨던 진시황
애플의 잡스도 이제는 갖지 못한
진한 그림자
아직 그대 뒤를 따르고 있어.

홀로 남은 시

지은이는 떠나고 시만 남아
누구의 가슴을 울리나

오래 전 떠난 이의
별 한 조각
바람 한 자락에
두근대는 마음

지은이는 떠나고
그리움만 남아
시가 머무르는 곳
작은 바람

지은이의 마음이 스치네.

시간의 반란

하염없이 주어진 시간인 줄 알았는데
어느 날 갑자기 결과를 달라한다
숨 쉬고 살아온 만큼
뭔가를 내놓아야 된단다
돈도 명예도 권력도 갖지 못한 난
시간의 패배자
사랑과 연민과 인내는 눈에 보이지 않고
그저 시간 속에 흘러가 묻혔다
아직 정열이 남은 이들은
시간의 탑을 쌓고 있고
이제 지쳐버린 이들은
조용히 시간 속으로 되돌아간다
깊은 숨을 내쉬며 눈을 감는 그들은
모두가 빈 손이다.

엄마는 눈물

맛난 것 입에 넣는 모습 보지 못했는데
울 엄마 뭘 먹고 살았나
계절 바뀌어도 늘 헌 옷
새 옷 사는 모습 보지 못했는데
울 엄마 뭘 입고 살았나
엄마도 재미난 것, 하고 싶은 것 있었을 텐데
날 지나면 저절로 자라는 자식 모습
뭐 그리 재미지다고
바보처럼 자식만 보며 웃고 살았는가
엄마도 엄마 생각하며 그래서 울었는가
울 어매 얘기하며 눈시울 적시던 엄마
시간 지나면 호강시켜 드리려 했는데
그 세월 지키지 못하고
일찍 가버린 엄마 서러워 울었는가
살았어도 고단한 세월 속에

호강시켜주지 못했을 자신 모습
속상해 울었는가
인자사 어매 생각하며 울던 엄마 모습 떠올리며
그래서 그랬구나 싶은 내 마음
엎어놓은 모래시계처럼
쉴 새 없이 떨어지는 엄마의 시간이
얼마 남지 않았는데
여전히 제 살기 버거운 내 모습은
그저 언젠가 울던 엄마 모습은 아닌지.

요즘 아이들

약골에 개념도 없이
어른도 몰라보고
눈 부릅뜨며 대들고
철딱서니라고는 없어
혼자 살 능력도 안 되는 놈들이
고생을 해봤나
양보가 뭔 줄 아나

쌀 한 줌 올리고 지은
보리밥을 아는가
아부지 밥 한 그릇 똑 뜨고 나면
나머지는 모두 쌀이 들었나 말았나 싶은 보리밥
조금 살림 펴서 먹던
힘 빠진 정부미 쌀밥

기름 잘잘 흐르던
하얀 일반미 밥 한 그릇 먹자고
밤 열두시 제사를 기다리던 세월
니들이 그때를 아느뇨

그렇지만 나도 모른다
1919년 태어나셨던 할아버지
일본 순사 찾아와
쌀 숨겼나
마당을 콕콕 찌르고 다녔다는 세월을
흉한 곳에 끌려갈까
애기각시 만들었던 세월을
육이오 터진 줄도 몰랐다던 산골짝
산멀이란 곳의 스물세 살 처녀가
노처녀 소리 듣던 세월이라니

우리 때도 같은 말 들었다
예의 없고 버릇 없고
도끼눈 부릅뜨고 어른한테 대들고

세상이 어찌 되려는지
요즘 젊은 것들이란

조선시대 어느 학자는
글에도 썼단다
요즘 젊은 것들은 버릇이 없다고

그리고 보니
요즘 아이들은
늘 버릇이 없나보다.

2.

하루의 시

워 프

횡단보도 건너편에 그가 서 있다
서른 살의 그가 웃으며 내게로 온다
내가 보고 싶어서 그냥 왔다는 사람

다시 보니 머리가 희끗하다
가만히 보고 있으니
왜 그러냐고 묻는다

말갛던 그의 웃음을
며칠 전에 본 것 같은데
20년도 더 지난 일이란다

정말 엊그제만 같은데
누가 기억만 남겨두고
시간을 접었나 보다.

다시 보니 머리가 희끗하다
가만히 보고 있으니
왜 그러냐고 묻는다

말갛던 그의 웃음을
며칠 전에 본 것 같은데
20년도 더 지난 일이란다

— 워 프

스 승

길 저 끝에서
작은 초롱 하나 들고 있습니다

작은 재주에도 박수 쳐주며
환하게 웃고 있습니다

나보다 못난이가 없는 세상
내가 젤 잘났다
굳게 믿고 있습니다

그 믿음이 미안해서라도
좋은 글을 쓰고 싶습니다

누군가의 기대가
나를 만드는 거라면

스승님

스승님의 기대를 채워 주는
제자이고 싶습니다.

이 름

컵은 컵이다
아니 컵은 잔이다
잔은 배다
어느 곳에서는 고쁘라고 한다

물을 한 잔 마셨다
미즈를 한 고쁘
워러를 원 컵
수 일 배

서로 다른 약속을 하고
다 다른 이름으로
물 한 잔을 부른다

세상에는 칠천 여 개의

물 한 잔이 있고
음악 같은 물 한 잔도 있을 터인데

컵 속에 워러가 익숙해지는 세상
물은 그대로인데
쓰이지 않는 물 한 잔이
어디선가 서서히 말라가고 있다.

김 밥

새까만 김에
참기름 냄새 고소한
하얀 쌀밥을 넣고
사각사각 노란 단무지를 넣는다
데친 시금치로 신선함을 챙기고
붉은 햄 조각 입맛을 당기니
부들부들 계란까지 들어가면
보통 김밥 완성

여기에
참치가 들어가면 참치 김밥
치즈가 들어가면 치즈 김밥
불고기 들어갔다
프리미엄 불고기 김밥

보통 김밥도 충분히 맛있는데
그래도 폼 나잖아 프리미엄!
기본은 같은데

아쉽다
하나를 더 챙기지 못해
프리미엄이 되지 못한 보통 김밥

보통 인생이라니.

연 등

거리엔 색색의 등
가난한 이들의 소망을 담은 등
부처님 가까이 갈수록 휘황한 등
좀 더 가진 이들의 바램 가득한 등

손 모으고 미소 짓는
부처는 말이 없는데

화려한 등의 소망이
더 잘 이뤄진다는
땡중들의 선도대로
중생들의 믿음대로

못 가지고 슬픈 이
초파일 지나도 여전히 고닯고

가진 이의 가짐은 커지기만 하네

부처님의 뜻이어도 아니어도
모두 연등 걸고 간절히 바리니

그저 세상만사 부처의 뜻이라 하네.

하루의 시

눈을 뜬 아침 시가 되는 하루
태양이 눈부시면 눈부셔서 시가 되고
비가 오면 우울해서 시가 된다

기막히게 운 좋은 날 행운의 시가 되고
꼬이고 꼬인 날 불행의 시가 되어
눈물 나면 눈물의 시를 쓴다

누구나 기쁘고 누구나 슬픈 하루
누구도 나와 같은 날은 아니기에
누구의 시도 나와 같지 않다

초년 운이 나빴던 여자
중년 운이 좋았던 남자
말년 운이 트인 할매

누구도 같은 인생을 살지 않기에
나는 나의 시를
너는 너의 시를 쓴다

눈 뜨고 일어나 하루의 시를 쓰고
영원히 눈 감고 누운 어느 날
마지막 시를 안고 간다.

오늘의 운세

5천만의 인구 중에
4백 16만 6천 명 정도의 인간이
오늘은 물가를 조심해야 하고
또 다른 4백 16만은
서쪽에서 오는 귀인을 맞이한다
열두 개로 쪼개진
오늘의 운세를 사는 사람들은
밤이 되면 대부분
그날의 운세를 잊지만
그 중 몇은
정말 물가가 위험했고
누군가는 귀인을 맞았으리
쥐꼬리만큼의
신통함을 경험한 이들은
내일도 슬쩍 뒤적일 것이다
오늘의 운세를.

명함 · I

색색의 명함을 한보따리 버렸다
의미 없이 무겁던 인연들
후두둑 끊어졌다
버리면 잊히고 말 이름들
쓰레기가 되었다

내 이름은 누구의 쓰레기가 되었을까?

명함 · II

플레티늄 얇은 금속지에
펄레드의 색을 입혀서
연보라 향의 꽃을 그려 넣으리라

서랍에 넣어두었다가
들어본 적 있는 낯선 이름이 되어
휴지통에 던져지는 슬픈 조각 아닌
보기만 해도 예뻐서 차마 버리기 아까운
화려한 사각형에 내 이름을 새기리라

내 이름을 기억하며
나를 떠올려 웃어줄 이에게
명함을 주리라

오랜 시간이 흐른 뒤에라도

내 이름을 보고 잘 사나 궁금해서
전화 한 통 걸어줄 이에게 건네리라

좁디좁은 내 세상 많은 이가 아니어도
나를 기억해줄 고운 이에게
예쁜 명함 선물하며
내가 그를 기억하리라.

혹

나는 엄마의 혹덩이었나
하늘을 나는 새처럼
혹은 나비처럼
달리는 말처럼
그렇게 자유롭고 싶었는데
주렁주렁 매달린
떼쟁이 혹덩이들 때문에
발 묶여 억울한 세상 살았을까

조그만 핏덩이
혹덩이처럼 옆에 누운 날
내 인생의 1막이 내려버린 느낌
혹덩이가 복덩이가 되는데
오랜 시간이 걸리지 않아
사랑은 본능이 되어

예쁘고 예뻐서 가슴이 아려

이렇게 예쁜 혹덩이가 어딨다냐
나는 너그들 때메 살았다

내가 엄마가 되지 않았다면
어찌 엄마 말이 진짜라 믿을 수 있었을까.

바람의 노래

어달리 노인정 앞
쓰러져 가던 슬레이트 지붕의 112번지
문간방에 누워 파도소리를 들었다
밤새 철썩이는 소리가 익숙지 않아
그 소리가 가까운 바다의 밀어임을
한참 후에야 깨달았다
낯선 동네 낯선 밤 낯선 새벽
레일 위를 달리는 기차소리에
동네 뒤쪽에 철길이 있음을 알았다
바다와 산이 있고
집 앞에 내가 흐르는
예쁜 동네 어달리
포악한 밤바람 소리에 놀랄 때
새신랑이 말했다
좀 더 세게 불어서 지붕이 날아가야

새 집 지을 때 용한데
그 밤 무서웠던 바람소리가
어째 만만하게 들렸다
그 바람으로 지붕이 날아갈까
어달리 노인정 앞 112번지
포악했던 그 바람은 지붕을 날리지 못했지만
버섯 닮은 새 집은 바람을 막고 있다.

유리벽 찻집

차 한 잔 앞에 놓고
창밖을 구경하는
유리벽 안의 사람
구경하는 재미
얼마나 가든가
이제 구경을 잊고
안으로 몰입할 때
유리벽 너머의 사람들
그 안을 구경하네.

아침 식탁

열 개의 숟가락
열 쌍의 젓가락이 놓인 식탁
어른과 함께한 아침상엔
뜨거운 국과 숭늉이 올랐고
어른 눈치 보며 부딪치던
가난한 반찬 위에
풍성한 자식들의 젓가락은
말없이 시끄러웠다
끝나지 않을 것 같은
아침 식탁 풍경
눈 깜박 할 사이 신기루처럼 사라져
숟가락 놓고 가신 이는
돌아오지 못하고
기다리고 기다리는 자식들
왜 이리 더디 올꼬
점점 조용해지는 아침 식탁
미운 이라도 함께했으면 좋겠네.

도돌이표

봄은 언제나 새롭고
여름은 뜨겁다
해마다 지는 낙엽
늘 오는 첫눈

돌고 도는 계절 속에
성숙해지는 인생이라 믿었는데
넘어져 우는 길목은 언제나 그 자리
바보처럼 같은 기쁨에 웃는다

반복 되는지도 모른 채
처음 겪는 아픔처럼
가을의 낙엽
소리 내어 바람에 채인다.

낡은 수첩

볼펜 잉크 분해되어
기름이 번진 수첩 귀퉁이
낯익은 이름 낯익은 전화번호
그러나 기억은 나지 않아

그저 어렴풋이
그리운 느낌만 산화되어 가고
번져 가는 볼펜 잉크처럼
그 시절 기억들 흐릿해져
이제 곧 지워지려나

알 수 없는 이름에
걸리지 않을 전화번호
왠지 모를 아쉬움에
버리지 못하고 지킨 세월
그 세월 아쉬워 더 버리지 못하네.

벽

알 수가 없네
어려운 말도 아닌데
왜 못 알아듣지

외계어도 아니고
외국어도 아니고
한국어로 또박또박
정성들여 이해하기 쉽게
말해 주는데
왜 자꾸 딴 소리만 해

단단한 벽 뒤에서
너도 나를
그리 생각하나.

3.

너의 눈을 보면

엄마의 변명

그때는 그랬쟈
열 손가락 깨물어
안 아픈 손가락이 어딨다냐
그리도 어쩌겄냐
세월이 그런 것을
너그들만 그리 살았것냐
나는 더한 세월도 살았다
어디 여자가 숨이나 쉬고 살았간디
그리도 나는 딸자식들도
죄다 고등교육 시켰어야
더 못 갈킨 것이 한이야 된다만
어쩌것냐
그때는 남자만 큰일하고 돈도 벌고 대우 받고
그러고 살던 때였잖여
오메가 더 가졌으면 더 해줬을 텐디

가진 것은 쩍고 자식은 많고
너그들이 쬐께 억울이야 허것지만
이제 와서 어쩌것냐
그리도 너그들은 굶고 살던 안했잖여
너그들은 아직 다 살도 안혔잖여
나는 너그들이 부르워야
얼매나 좋은 세상이냐
여자가 판사도 하고 기술자도 하고
남편도 다 이겨 먹고 살고
나도 다시 한 번 살았으면 좋겠다.

너의 눈을 보면

까만 눈동자에 섞인
암갈색 세월의 흔적
쉽게 눈물 흐르지 않는
메마른 감정의 샘

일렁이던 불꽃은 꺼지고
겁 없던 패기도 사라져
근심과 염려만이 깃든
너의 눈동자에 맺히는

쌍둥이 같은 나의 모습.

일렁이던 불꽃을 꺼뜨리고
겁 없던 패기도 사라져
근심과 염려만이 깃든
너의 눈동자에 맺히는

쌍둥이 같은 나의 모습

— 너의 눈동자 뒷면

못난이 파랑 하늘

태양 성님이
일곱 색의 찬란한 빛을
내려보냈으나
그중 약했던 빛 하나
대기권을 뚫지 못하고
반사되어 퍼지니

홀로 처진 파랑
구름 사이 기웃기웃 세상을 엿보다
뚝뚝 울기도 하지만

그래도 얼마나 다행인가
약해빠져 대기를 뚫지 못한 빛이
푸른 바다 얼비치듯
허공을 뒤덮은 파랑이라니

못나서 예쁘고
못나서 사랑스러워라.

바람은 과거로 흐르지 않는다

차가운 곳에서 뜨거운 곳으로
공간을 이동하는 공기의 흐름
시간 속을 흘러가는 바람
바람이 흐르는 곳은
반드시 미래
바람이 떠도는 어느 공간도
시간이 함께 해
바람이 분다는 건
미래로 간다는 것이다.

익숙해진다는 것

옆에 누운 새신랑 얼굴이
큰바위 얼굴 같았다
곤드레 만드레 코고는 소리에
지붕이 무너질까 두려웠다
숨 쉴 때마다 내뱉어지는
알코올 냄새에 중독되지 않을까
잠 못 들고 심각하게 고민했다
한 대 패버릴까
평생을 살 수 있을까
세월은 마법을 부려
옆에 누운 묵은 신랑
얼굴이 작아졌다
곤드레 만드레 아무리 코를 골아도
지붕은 멀쩡했다
숨 쉴 때마다 내뱉어지던 알코올 냄새

등 돌리니 모르겠다
반 평생을 살았더니
신랑은 그대로인데
나는 바보처럼
익숙해져 버렸다.

네가 내게 와서

네가 내게 옴으로
나는 없던 이름이 생겼지
엄마
불러만 봤던 그 이름이
내 이름이 되었지

네가 내게 옴으로
없던 감정도 생기더구나
모성애
교과서에서 배웠던 감정
결코 배워지는 게 아닌
그냥 절로 생겨나는 감정임을 알았지

네가 내게 옴으로
처음으로 알게 되었어

천사 같은 아기란 잠 잘 때뿐이란 걸

때글때글 새까만 눈동자로
무엇을 보는지
잽싸게 기어가 부리나케 사고치는 너
아기란 눈치도 빠르고
행동도 빠른 악동이었어

무슨 사고를 쳐도
손바닥 발바닥 볼에 비비며
예뻐 죽겠는 너

네가 아프면 진심으로
대신 아프고 싶은 이 마음
어미의 본능

네가 내게 옴으로
나는 어미가 되었구나
사랑이 본능인 어미가.

그때가 아마도 열 살

메마른 도랑에 무얼 하다 건드렸을까
내 발등 찍은 바위만 한 돌덩이
40년이 다 되어가는데도
지워지지 않는 흉을 남겼네

무섭기만 한 아버지
아빠 노릇 한다면서
웬일로 내 손 잡고 갔을까
황금 박쥐인지 황금 가면인지
그렇게 재미난 건 세상에 태어나 처음이었어

방 한 칸 미닫이로 나누어
윗방엔 사촌오빠 공부상 들이고
온 가족 방 한 칸에 굼실굼실 살던 때
집 앞 삼거리 약국집

서너 살 어린 여자아이
식모 등에 엎여 다녔지
디즈니 동화가 한가득 꽂혀있던 책장
거실이 있던 그 집의 TV에선
제리를 쫓던 톰이 쓰레기통을 뒤집어쓰고 있었다

말썽쟁이 동생 녀석
집 주인 아들과 싸우고
뺨 맞고 울고 온 날
울 엄마 가슴 찢어졌고
내 맘에 분노와 복수심이라는 게 일었던
그때가 내 나이 열 살

주인집 없는 방 두 칸짜리
허름한 집으로 이사하던 날
이제 마음껏 뛰라던 엄마

아홉 살도 열한 살도 아닌
세상에 태어나 10년을 살았던
그때가 내 나이 열 살.

낯선 방

그대 등 돌린 방
시베리아 한파가 몰아치는 방
늘 보던 천장에 얼음이 꽁꽁 얼어
차가운 고드름이 뚝 떨어져
내 심장을 꿰뚫고
소리 없이 툭 떨어진
내 눈물 한 방울
설움의 강이 되어
내 맘을 적신다

영원히 녹지 않을 것 같은
북극 빙하 한 조각
둥실둥실 떠내려와
우리 사이에 놓였다

몇십 년을 살았어도
그대 등 돌린 방은
내 방이 아니야.

낯선 사람

가만히 생각해보면
너와 있는 시간이 즐거워
같이 있기로 했고
매일 보고 싶어
결혼을 했다

너 하나의 불합리함은
참을 수 있다 믿었고
이해 안 되는 일도
너라면 괜찮다 믿었는데

처음의 그 기억들
어디 묻어두고
새삼스럽게도
문득 네가 아주 낯설다

처음부터 그런 너였는지
내가 잘 몰랐던 건지
나 좋은 것만 보고 살아온 건지

하나도 변한 것 없다는 너

지금의 너를 그때 알았더라면
그래도 나는 너를 사랑했을지
세월이 흘렀으니
변하는 것이 당연한지

다 변해도
변하지 않았으면 좋겠을
한 가지가
처음 같지 않으니

지금의 넌
내게 아주 낯선 사람.

황톳빛 바다

미친년 소가지 부리듯
밑바닥부터 뒤집힌 바다
눈에 뵈는 것 없이 내달리고

신랑 각시 내외하듯
꼭 거기까지만 철썩이던 파도
본 적 없는 색으로 물들어
방파제를 범할 때

슬퍼서 우는지
기뻐서 우는지
바다 속을 모르는 어리석은 중생

그저 내 죄가 보태졌나
콩알만한 가슴만 콩닥이고 있네.

지우개

지우는 것이 생명인데
어찌 다 지우고 싶지 않았을까
지우고 지우고 지워도
깊이 패인 자국은
지워지지 않는 것을
지금은 상처가 되어버린 그 자국은
그대가 깊이 새긴
지우고 싶지 않았던 추억인 것을.

막차는 떠나고

막차가 떠난 터미널엔
어둠만이 어슬렁거리고
내가 탈 수 없는 버스가 낯설게 곁을 스친다

뒤 돌아보면 떠나온 길만이 낯익은데
돌아가고 싶지 않은 맘은
차라리 낯선 길이 편하다

막차를 놓친 사람들은 어디론가 바삐 흩어지고
행선지 다른 막차마저 떠나버린 터미널엔
잠든 버스만이 한가득

어디로든 가야 하는데
뒤돌아 가고 싶지는 않고
서있는 곳은 어둠만이 낯익다

나는 또 다시 놓치면 안 되는
막차를 놓쳐버리고
막연한 어둠 속에 놓였다.

그곳에

동해시 어달리 바닷가 마을에
시어머니 살고 계신다

까막눈에 가진 것 없어
못 먹이고 못 가르친 자식 앞에
그저 죄인처럼
가진 것 다 주고도
준 것 없다 한탄하는
늙은 시어머니

고개 너머 밭이랑에 감자 심고 옥수수 심어
이고 지고 나르느라
주름진 손 골 깊은 얼굴
까맣게 태우고도
더 못 주어 맘 아픈

바보 같은 시어머니

모진 세월 살다보니
귀 어둡고 눈 어두워져
자꾸 자꾸 멀어지는 세상
올해가 마지막은 아닐까

한숨 섞어 말린 미역
다발로 실어주며
흐린 눈으로 손 흔드는

슬픈 내 어머니
그곳에 살고 계신다.

이제 시작하는 사랑처럼

봄이라 되뇌이며
스스로를 위로할 때
따뜻함 속에 섞인
한 줄기 서늘한 바람에
정말 봄인지 의심스러웠는데

세차게 불어와 머리를 흩트리고
온몸을 휘감고 지나는 바람인데도
한없이 따뜻하기만 하니

장난기 속에도 설렘을 담고
툭 던지는 말 속에도
어쩔 수 없는 사랑이 담기는
이제 막 시작 된 그 마음처럼

감출 수 없는 따듯함이
온몸을 감쌀 때

연초록 잎 사이로
봄이 지나가는 소리가 들린다.

해진 신발

한 발 내디딜 때마다
발끝을 본다
다 까진 구두 끝이
드러난 내 맘 같아
바람만 스쳐도
아플 것 같다
그 끝이 시려
사람들은 새 신을 사고
술을 마시나 보다.

4.

철부지 바람

동창생

이순신 장군 동상 뒤에
달걀귀신 산다는 소문이 무서웠지
사이렌이 울리면
교실 계단 밑 좁은 공간에 숨어
눈만 떼글떼글 굴리며
얼른 끝나길 기다렸던
초등 시절 반공 훈련

색색의 코스모스 흐드러지게 피었던
학교 후문 길고 긴 자갈길
담이 없던 운동장
공을 차면 배추밭으로 떨어졌고
뒷산 솔방울 가방 가득 주어다 줬더니
교무실만 난로를 지펴
원성이 자자했던 그 겨울

어쩌다 한 번 지폈던 난로 위
켜켜이 올려진 양은 도시락
구수한 밥냄새

작은 도시 최고 명문 여고
페인트 칠 벗겨진
낡고 낡은 초라한 건물 한 채
그래도 담은 있다며
웃어버렸던 우리들
학교 대표 핸드볼 선수
국가 대회 우승 인터뷰에
학교 빼끼칠 먼저 해주고 싶단 말
깔깔거리고 웃으며 공감했지

강산이 두 번도 넘게 바뀌는 세월
내 기억 속 학교는
같은 듯 달라졌는데
내 기억 그대로
그 시절을 추억하고 있을 동창들
너희들 모두 어디 있니.

신 발

아가씨 혼자 있는 방에
손님처럼 찾아온 그이 신발
눈에 띌까 꽁꽁 숨겼네

이백삼십오, 이백칠십
크기 다른 신발이 나란히 놓이던 날
괜스레 부끄러워 얼굴 붉혔네

어느 날 삼신할매 찾아들어
형제를 선물로 주고 간 날
손바닥보다 작은 신발
장식품처럼 내어놓고
예쁜 아가 얻었노라 자랑했네

형님 아우 다투며 자라던 형제

자꾸자꾸 발이 커지더니
동생 키가 형만 해지던 날
신발이 쌍둥이가 되었네

좁은 현관에 이백삼십오 하나
이백칠십 셋
도둑놈아 와 보니라
우리 집에 장정이 셋이다.

엄마와 진달래

청산에 피는 진달래
봄옷 입은 엄마를 부르네

겁 많은 울엄마
혼자는 못 가고
엄마 닮은 겁쟁이 작은 딸
손 잡고 꽃 따러 가네

한 바구니 딴 꽃잎은
꽃술 담아 낭군님 드리고
한 바구니 딴 꽃잎은
화전 만들어 자식들 예쁜 입에 넣어주리

봄옷 입은 울엄마
꽃 따라 자꾸자꾸 깊이 가네

언제까지라도 꽃만 따는
고운 엄마면 좋을 텐데

쪼글쪼글 할망구 돼버린 울엄마
이제는 어느 꿈속에서나
예쁜 꽃을 따고 있을까

엄마 엄마 울엄마
꿈속의 꽃 아무리 예뻐도
나를 두고 아주 가지는 마오.

숲

이중 삼중 나무 병정을 병풍처럼 두르고
인간의 소리를 차단한 채
고요 속에 잠겼다

한 발 한 발 수많은 상념이
발끝에 매달린 채
터벅터벅 끌리며 따라오다

어둠 같은 적막에 지쳐
하나 둘 머릿속을 떠나니

숲
그 고요함 속에
나도 잠긴다.

철부지 바람

잎도 없는 가지를 왜 저리 흔드는지
아직 꽃도 피지 않았는데
무엇을 샘내기에 저리 심술일까
빈 가지 쥐고 아무리 울어본들
바뀌는 계절을 어찌 막을까
지난겨울은 충분히 추웠고
견디어낸 생명들은
이제 그만 기지개를 켜고 싶어
철부지 바람이 샘낸다고
돌아갈 계절이 아닌 것을.

골라 골라 골라

이왕이면 잘난 놈으로
그중에서 착한 놈으로
성실은 기본, 돈도 잘 버는 놈
그런데 나만 죽도록 사랑한다는
스포츠카 몰고 와줄 놈
이상은 높게 잡아
깎고 깎고 깎다보면
현실은 배 나온 옆집 아저씨
그게 바로 20년 후의 그놈 모습
고르고 골라도 그럴 텐데
대충 골라 무슨 후회 하려고
얼굴 착한 놈이 맘도 좋고
키 큰 놈이 능력도 좋아
어차피 세월 가면 다 변할 텐데
그래도 잘난 구석 하나쯤 있으면

잘나서 속았다 변명이나 하지
잘생긴 놈
얼굴 뜯어먹고 살았다고나 하지
착한 거 하나 믿고 고른 그놈
세월 지나 변해버리면
억울해서 어찌 사나
이십 년 삼십 년 살다보면
나보다 못났어도
나 아닌 여자가 더 즐거워
입으론 나를 사랑해도
재미는 없어
나 없으면 죽을 것 같던
그놈의 이십 년 후의 모습이야
그러니 고르고 골라
최고인 놈으로
한 발도 물러서지 말고
욕심을 내
사랑도 얼굴도 능력도
그리고 성격도 착한 놈으로.

안 개

깊은 숨을 내쉰다
다행이다
내 모습이 보이지 않는다

눈물도
아픔도
절망도
아무것도 보이지 않는다

깊은 숨을 또 내쉰다
다행이다
다른 이의 모습이 보이지 않는다

눈물도
아픔도

연민도
함께 느끼지 않아도 된다

하얀 안개 장막에
잠시 마음을 놓는다.

그대 나이 오십이 넘었어

우리가 언제 만났더라
그대도 나도 가진 것 없던
힘든 청춘의 끄트머리
그날은 추웠고 그대
나만큼 초라했어

그날이 어제인 듯 선명한데
지난 세월이 벌써 20년
서른 갓 넘었던 그대
이제 오십을 갓 넘었어

못난 청춘은
못난 중년이 되어
미래가 있어 찬란했던 젊음을 지나
버거운 세월을
초라한 어깨로 버티고 있지

그래도 그대 아시는가
나는 푸르렀던 그 청춘으로 돌아가고 싶지 않아
그 힘들고 고달팠던 시간
다만 젊기에 좋았다는 청춘의 시간 속엔
그대가 없어

새까맣던 검은 머리 한 올 한 올 변하여
힘 빠진 어깨
빛바랜 머리카락
그대 내 곁에서 볼품없이 나이 들어도
이십년 세월 어딜 돌아봐도 그대가 있어

앞으로의 세월 무슨 기대가 더 있을까만은
삼십년 사십년 되어 돌아보면
역시나 그대가 있겠지
내 세월 어느 토막을 돌아보아도
그대와 함께 웃고 함께 울고
함께 걸어가는 내가 있을 거야

둘이라서 행복한 지금처럼.

꿀 잠

귓가에 웅웅웅
벌이 들어왔나
쫓아내야 되는데

자꾸자꾸 날라다 주는
달콤한 꿀통에 빠졌는지
달디단 의식에
눈이 떠지지 않아

아까시 꽃향기
부지런히 날개를 움직여
아까시 꿀을 따온 것일까
나를 잠재우려
꽃향기 진한 그 꿀을
내 방에 퍼부었나

그래도 벌침에 쏘이면 아프니
이제 그만 일어나
벌을 쫓아내야지
조금만 조금만
아주 조금만 더 자고.

야쿠르트

유치원에 다니는 옆집아이는
날마다 야쿠르트를 마셨다

유산균이 들어있다는 야쿠르트는
마시면 슈퍼맨이라도 되는 줄 알았다

나보다 힘이 센 옆집아이는
야쿠르트를 날마다 먹었다

야쿠르트 아줌마가 가져다주는
그 맛난 야쿠르트를 날마다 먹었다

아꼽쟁이 울 엄마 하나만 사달라고
울고불고 떼쓰면 하나 사주고

맛난 야쿠르트 대신 시큼하고 달달한
단술을 만들어 주었다

귀한 막둥이라더니
유치원도 안 보내주고
야쿠르트도 안 시켜주고….

벽시계

대단한 일을 하는 것은 아니고
자리를 많이 차지하지도 않아
거추장스럽지도 않고
언제나 보면 그 자리에 있어
버릇처럼 한 번씩 볼 뿐

어쩌다 느려진 시간에 낭패를 보고
아차 싶어 밥을 주고
먼지 한 번 닦아주고
이제 일 년은 잊어도 좋아

디지털 바이오테크놀로지
인공지능 하이터치 센서가 판치는 요즘
또각또각 벽시계는 고장도 안 나
소중하지도 중요하지도 않지만

그래도 없으면 허전할 걸
약간은 불편도 할 걸

어차피 손 갈 일 없으니
앞으로도 벽시계
그 자리에 오래오래 있겠지.

저 울

그대 맘에 눈금은
언제나 내 쪽으로 기울어야 돼요
이 세상 어느 누가
나보다 못난 이가 있을까요
나는 누구에게도
소중하지도 중요하지도 않고
어쩌면 먼지보다 가벼워
잴 수도 없는 존재일지 모르지만
그래도 그대의 맘엔
언제나 내가 가장 소중했으면 해요
미녀도 많은 세상
능력 좋은 이 착한 이도 많지만
그대는 그냥 나만 사랑해주면 좋겠어요
그랬으면 좋겠어요.

미녀도 많은 세상
능력 좋은 이 착한 이도 많지만
그대는 그냥 내편 사랑해주면 좋겠어요
그랬으면 좋겠어요
— 겨울

은행나무와 어머니

노릇푸릇하던 은행잎
어느새 샛노래져
황금처럼 떨어져 쌓이고
방울방울 달린 열매
마당 가득 흩어지니

구린내가 머시다냐
이 좋은 알맹이
자식 몸에 보약이라
바르고 발라 하얀 속알맹이
바리바리 싸 보내시니
어머니의 정성 안 먹어도 배가 불러

마당의 은행나무
내년에도 후년에도

귀한 알맹이 쏟아놓을 텐데

이제 힘 빠진 내 어머니
그 귀한 열매 손질도 못하고
바라만 보게 되면
아까워서 어쩌나.

일 상

정지에서 엄마가
솥을 가득 넣은
부께미를 부치고 있다

복지깨에 담겨진 깜밥을
서로 더 먹겠다고 싸우는 남동생들은
철천지 웬수 같고
교복치마에 칼 같은 주름을 잡고 있는
째쟁이 언니 등 뒤로
오빠의 교복바지가
아버지 정복 옆에 걸려있다

햇무시로 담근 싱건지 한 중발에
금방 버무린 생지 올리고
고소한 부께미까지 올라가면

분주하던 형제들
밥상 앞에 모이고

허리 두드리며 일만 하던 엄마는
뭐가 좋은지
자식들 입속으로 사라지는
음식을 보며
웃고만 있다.

비의 지문

바람 한 점 샐 틈 없이
꼼꼼히 막아 놓은 이중창
간밤에 내린 비
소리도 없더니
새까만 자동차 위
이슬비였노라
점점이 지문을 찍어 놓았네.

.

5.

오월의 장미

오월의 장미

황금의 태양 너를 위해 비춘다
사람들의 시선 너에게 머문다

많은 꽃들이 너를 시샘하며 피지만
언제나 가장 눈에 띄는 건 너

오월 한 철이겠지
어차피 세월 지나면 시들겠지
그 슬픈 사실을 모르지는 않지만

어떠랴

다가올 초라해질 어느 날을
미리 슬퍼하며
고개 숙일 필요가 있을까

지금은 오월
너는 장미
한껏 단장하고 그 화려함을 뽐내렴

어느 날 문득 초라해진 그날에
너에게도 찬란했던 시절이 있었음이
추억이 되리니.

머리를 깎다

머리를 깎고 온 내 남자
10년은 젊어졌네
젊은 남자 됐다고 좋아했더니
왜 한 달 새 10년이 늙어지나
먹은 건 죄다 머리로만 가는 남자
한 달 사이 10년을 사네
늙는 게 싫은지
한 달에 한 번씩
꼬박꼬박 젊어지러 가네.

배 주리며 살았는데

바닷가 동네엔 먹을 것이 없었다
쌀이 없어 옥수수를 먹고
과자가 없어 감자떡을 만들어 먹었다
지겨운 명태는 옆집 강아지도 고개 돌리고
김치 속에도 생선이 들어갔다
빈대떡 부쳐 먹을 녹두가 어디 있나
지져먹을 기름이 어디 있나
해초도 그냥 먹고 생선도 그냥 먹고
놀이터도 없던 동네
소꼴 먹이러 가는 앞산은 유격장
파도 위 절벽은 다이빙대
배고파 주워 먹은 산열매 풀뿌리
칼 한 자루 쥐고 들어가면 지천이던 해삼 멍게 전복
배고픈 시절 배 주리며 살았는데
세월이 흐르니 뭘 모르는 사람들 부럽단다
뭘 먹고 살았기에 그렇게 몸이 튼튼하신지.

갈림길

심사숙고해서 고른 길
가시밭길일 수 있고
동전 던져 고른 길
꽃길일 수 있지

한 번 들어선 길이면
되돌아가기보다는
앞으로 가기가 편해

편한 길이든 힘든 길이든
걷다 보면
늘 가지 못한 길이 아쉬워

선택의 기준이야 많겠지만
가장 좋은 건

내가 원하는 길

꽃길이어도 자갈길이어도
어차피 걷는 것은 나

알고 선택한 자갈길이
더 즐겁지 않을까.

나 이

이틀 아프면 낫던 사람
길어도 삼일 아프기 힘들던 이
일주일 지났는데 아직 아파

열나고 기침나고 살 아프고
아픈 뽄새 똑같다는데
왜 낫는 것만 늦어

하룻밤 자면 거뜬히 털고 일어났던 몸
계속 천 근 만 근이라더니
일주일 지나 겨우 일어나
절래절래 고개를 흔드네

나이 앞에 장사 없다더니….

또 다른 시작

단장하는 모습이 부끄러워
두꺼운 장막을 쳤나
흐린 먹구름 뒤에서
봄 치장하는 하늘
내일은 발그레한 태양이
따뜻하게 웃어주겠지.

구도자

먼 끝은 수평선
아무것도 없는 빈 공간
바람과 파도와 갈매기
그대는 무엇을 보고 있나

가느다란 낚싯줄 아래 토실한 놀래기
공짜 먹이 먹을까 말까 고민하는데
돌부처가 되었나
움직이지 않는 그대

보이는 건 무엇
힘들었던 지난 날
속상한 현실
답 없는 미래

버겁다 느껴지는 어떤 삶도
그저 망망대해 일엽편주

푸른 하늘 푸른 바다
그 아래 오직 한 사람
구도하는 그대

등을 보고 있는 나.

눈물 섞인 노래

검정 치마 흰 저고리
옷고름 눈물로 적시며 떠난 고향
푸릇푸릇 멍들어 돌아오니
하늘 보기도 땅을 보기도
산천을 보기도 부끄러워
내가 지은 죄 아닐진대
당한 게 죄가 되어
나만이 부끄러워

죄를 쌓고 쌓은 그들
아니라 하는 것도 기가 찬데
내 편인 줄 알았던 사람들
당한 게 죄라며
손가락질 하니
총칼보다 더 아파

쏜살같은 세월
어제 같은 그날이 하마 70년
이제 그만 잊자지만
살아 보소 70년이 길당가
그 아픔 어제인 듯 선명한데
춤을 추면 잊힐까
노랠 하면 잊힐까
죽으면 잊힐 거라
죽기만 기다리는 사람들

비 내리면 눈물이요
눈 내리면 풀지 못한 한이니
이 아픔 잊지 말아주오
내 아픔인 듯 기억하여
세상에 같은 슬픔 만들지 말아 주오

하늘거리는 노랑나비
그 작은 날개의 노래에
눈물 섞지 말아주오.

화 해

잽싸게 받는 전화
한 톤 높아진 음성
나긋나긋 듣기 좋은 말들

새삼스레 손도 잡아보고
맛집도 함께 가고
돈 들여 커피도 한 잔

진즉 좀 그러지
그럼 쌈박질 안 했을 텐데

신경 왕창 쓰고 있다는 화해의 제스처
알면서도 간질간질 풀리는 마음
리플레이 되는 사랑의 밀어.

꽃비 내리는 날

간절히 기다렸던 봄꽃이건만
어느 순간 피었던가
그새 휘날리는 꽃잎이
비처럼 쏟아지네

그 모습 아름다워도
찰나의 순간일 뿐
눈앞에 지는 순간도 잠깐인데
돌아보는 기억 속 순간인들
얼마나 짧을까

날리는 저 꽃잎은
내년을 기약할 수 있지만
다시 오지 않는 내 청춘은
흔적도 없이 멀어지네.

빈 집

빈 공간에 어둠만이 가득 차
침묵 속에 가라앉은 먼지
소리 없이 웅성거리고
빛은 늘 같은 자리를 비추다 간다

쓰는 이 없어도
망가지는 세월 속
흐릿한 과거의 잔상들만
박제 되어 머물러

고독한 마음에
주인 없는 빈 집
허허로운 바람만
좁은 공간을 헤매고 있다.

겁쟁이

무해한 어둠에
해를 입은 기억도 없건만
절로 틔인 귀로 눈으로
보고 들은 편견만 많아
가만히 있는 어둠
홀로 무서워
빛 속에 숨는다.

비밀번호

나는 모르는 너의 비밀번호
내게 감추고 싶은 무엇

별것 아닌 듯 말하지만
나는 알지 못 해

너는 하나를 감추었으나
그 하나에
자꾸 걸려 넘어지는
내 마음

나도 네게
비밀번호를 갖는다면
불안한 맘 사라질까.

흐르지 않는 세월

지옥 같은 현실
하지만 아시나요
차라리 지금이 나아요

제 정신이 아니지요
세상이 절벽 같고
주위엔 온통
같은 슬픔을 지닌 사람들 뿐
하지만 다시 말하지만 지금이 나아요

악을 쓰고 울부짖고 하늘을 원망하고
움직일 수 있는 인간들의
움직여주지 않음을 원망하며
두 주먹으로 가슴 치는
지금이 차라리 낫습니다

이제 제 정신 돌아오면
어찌 사시렵니까
학교 갔다 돌아올 시간에
내 자식 문 열고 들어오지 않는
그 집에 앉아서 어쩌시렵니까

옆집 엄마 자식들과 싸우는 소리 들리면
싸움소리조차 부러운 세월을 어찌 사시렵니까

내 자식 물 속에 가라앉고 있는데
책상 앞에 앉아서 헛소리만 하던 인간들
여전히 그 자리 앉아서
지도자입네 티비에 나올 텐데
그 꼴은 또 어찌 본답니까

지금이야 주위에
다 같은 슬픔을 가진 사람이지만
세상 사람 모두 잊고
나만이 찢어지는 그 가슴을 안고
어찌 사신답니까

영원히 교복 입고 잠든 자식
님들 죽을 때까지 교복 입고 있을 그놈
어디에 묻으면 잊힌답니까

미치지 않고서야
손가락 부러지게 메달리던 그놈을
눈앞에서 가라앉힌 부모가
어떻게 그 모습을
잊고 살 수 있답니까

실시간으로 가라앉던 그 배 안에
내 아이 있었다면
상상만으로도 죽을 것만 같은데

그 죽을 것 같은 상상 속에
현실로 서 있는 님들이여
이제 어찌 사신답니까
어찌 살면 살아질까요

내 아이가 문 열고 들어오지 않는
그 영원의 세월을.

시인의 해방구

성 춘 복

(시인 · 전 한국문인협회 이사장)

I.

시는 분명히 작가의 총체적인 경험을 바탕으로 하여 새롭게 형성되고 승화된 분위기로 엉뚱한 궤적을 만들어내는 분야에 다름 아니라 생각한다.

틀림없는 이 재단장은 더욱 엉뚱하게 그 효용성을 높이고 또 살아가는 방법을, 그리고 그런 세계로 이끌어 들여 질량 좋은 발자취로 남겨 비유라든가 상징어로 함축미 그득한 세상을 엿보게 하는 작업이다.

그러므로 시인은 숱한 경험과 공법의 기억들을 드높여 보다 짙은 호흡을 가다듬게 하고는 용솟음치는 자신의 겉옷을 되입혀 전혀 새로운 형상으로 변모하게 만들어 생명력을 갖게 한다.

그렇기 때문에 수없는 어휘의 반복과 깔끔한 단장으로 발자국을 남기면서 강도 높은 변신을 꾀하는 대신 언어의 벽을 허물어 새로운 주춧돌을 캐내고 있다.

그 세계는 신선해야 하고 다부져야 하며 혼신의 노력으로 스스로를 경주 시키는 새 단원의 막을 펼치는 작업이다.

II.

유명자 시인은 슬프고 아픈 세상사의 기로에서 뜻 아니한 인연을 잡아 꿈을 엮는 일을 그의 역할로 삼고 있다. 그러면서 '쑥스러움과 부끄러움'으로 이와 같은 엮음집을 펴낸다고 하니, 그가 말하는 우물 속의 '작은 인연'이라도 아주 소중하게 여겨 '위안'이 되었으면 하는 바람을 담아내고 있다.

우리 인생은 '낯선 여관에서의 하룻밤'이라고 한 말이 있는데 여관은 나그네가 잠시 쉬었다 가는 곳, 그리고 또 낯선 길을 살펴가야 하는 정주(定住)하지 못하는 인간의 삶, 그러니까 속절없음의 인생을 의미한다.

낯선 동네 낯선 밤 낯선 새벽
레일 위를 달리는 기차소리에
동네 뒤쪽에 철길이 있음을 알았다
바다와 산이 있고
집 앞에 내가 흐르는
예쁜 동네 어달리
포악한 밤바람 소리에 놀랄 때
새신랑이 말했다…
　　　　－「바람의 노래」 중에서

　정처 없는 나그네의 삶을 '계곡 물소리가 끝없이 흐르는
긴 이야기'로 상징화시켰다. 그것은 「바람의 노래」가 말하는
그 현장 그대로다.

차 한 잔 앞에 놓고
창밖을 구경하는
유리벽 안의 사람
구경하는 재미
얼마나 가든가
이제 구경을 잊고

안으로 몰입할 때
유리벽 너머의 사람들
그 안을 구경하네.
             - 「유리벽 찻집」 전문

  참으로 간단한 설명이다. 간단하다는 말은 단순성을 일
컫는다. 고도의 계산법과 시행착오의 도달이 단순함을 보
듬을 때가 있다. 물론 그 내막은 다를 수 있다. 상당한
대가를 치르고 도달한 경지를 일컬을 때 핵심을 뽑아들면
편안의 효율을 얻을 수 있다.

  복잡은 번거롭기 때문에 뒤로 밀리기 마련이다. 그러나
시인은 그때마다 새삼 깨닫는 먼 거리의 만남을 스스로의
세계로 펼쳐가고 있다.

  '지은이는 떠나고/ 그리움만 남아/ 시가 머무르는 곳/
작은 바람'(「홀로 남은 시」)이라고 순치시킨다. 이 바람은 늘
경험의 '엊그제만 같은데/ 누가 기억만 남겨두고/ 시간을
접었나 보다.'고도 단정한다. 그런데 「하루의 시」에 이르
면 '누구도 같은 인생을 살지 않기에/ 나는 나의 시를/
너는 너의 시를 쓴다// 눈 뜨고 일어나 하루의 시를 쓰고

/ 영원히 눈 감고 누운 어느 날/ 마지막 시를 안고 간다.(「하루의 시」)'에서 보이는 바 '누리는' 것보다 '찾아가는 즐거움'이 더한 행복감을 주는 모양으로 드러난다.

그것은 누가 원하든 원하지 않든 흐르는 시간과 함께 인생 또한 따르기 마련이다. 다만 어떻게 흘러갈 것인지, 그것은 어디까지나 자신의 삶이며 스스로의 몫이다. 머무는 듯 흐르는, 아니 세월과 더불어 느긋하게라면 유유자적이 될 법도 하다.

Ⅲ.

그렇다면 이 역시 평생 빈민을 돌보던 마더 데레사의 죽음에 대한 견해를 살펴보면 쉬 답을 얻을 수 있다. 구원은 한가함을 뜻하고 차분함을 갖는다는 뜻도 된다. 어떻든 기능적이고 효율적인 쪽이 구원을 받는다. 오늘의 문명은 온통 긴장에 싸여 있는 듯하다. 그것은 문명이란 늘 자연에서 벗어나 멀리 달아나야 한다는 것이니 긴장에 둘러싸일 수밖에.

유명자 시인의 시집 『기적 같은 세상에』에서 보는 시세계는 빈자의 풍요로움을 한껏 펼쳐주는 시인의 해방구로 우리 모두 받아들였으면 한다.